¡Aprende a leer, paso a paso!

Listos para leer   Preescolar–Kínder
• letra grande y palabras fáciles • rima y ritmo • pistas visuales
Para niños que conocen el abecedario y quieren comenzar a leer.

Leyendo con ayuda   Preescolar–Primer grado
• vocabulario básico • oraciones cortas • historias simples
Para niños que identifican algunas palabras visualmente
y comprenden otras con un poco de ayuda.

Leyendo solos   Primer grado–Tercer grado
• personajes carismáticos • tramas sencillas • temas populares
Para niños que están listos para leer solos.

Leyendo párrafos   Segundo grado–Tercer grado
• vocabulario más complejo • párrafos cortos • historias emocionantes
Para nuevos lectores independientes que leen oraciones simples
con seguridad.

Listos para capítulos   Segundo grado–Cuarto grado
• capítulos • párrafos más largos • ilustraciones a color
Para niños que quieren comenzar a leer novelas cortas, pero aún
disfrutan de imagenes coloridas.

STEP INTO READING® está diseñado para darle a todo niño una
experiencia de lectura exitosa. Los grados escolares son únicamente guías.
Cada niño avanzará a su propio ritmo, desarrollando confianza en sus
habilidades de lector.

Recuerda, una vida de la mano de la lectura comienza con tan sólo un paso.

Visit us on the Web!
StepIntoReading.com
rhcbooks.com

Educators and librarians, for a variety of teaching tools, visit us at RHTeachersLibrarians.com

Library of Congress Cataloging-in-Publication Data is available upon request.
ISBN 978-0-525-57755-3 (trade) — ISBN 978-0-525-57756-0 (lib. bdg.) —
ISBN 978-0-525-57757-7 (ebook) — ISBN 978-0-593-17733-4 (Spanish edition) —
ISBN 978-0-593-17734-1 (Spanish edition ebook)

Printed in the United States of America
10 9 8 7 6 5 4 3 2 1

First Spanish Edition

JOHN CENA

MI FAMILIA DE CAMIONES MONSTRUO

cubierta ilustrada por Howard McWilliam

interior ilustrado por Dave Aikins

Random House New York

Tengo cuatro hermanos.
También son
camiones monstruo.

BRRAAAM

Éste es Tanque.
¡Es grande!

Éste es Flash.

Es veloz.

¡ZOOM!

Éste es Pinball.

Es muy listo.

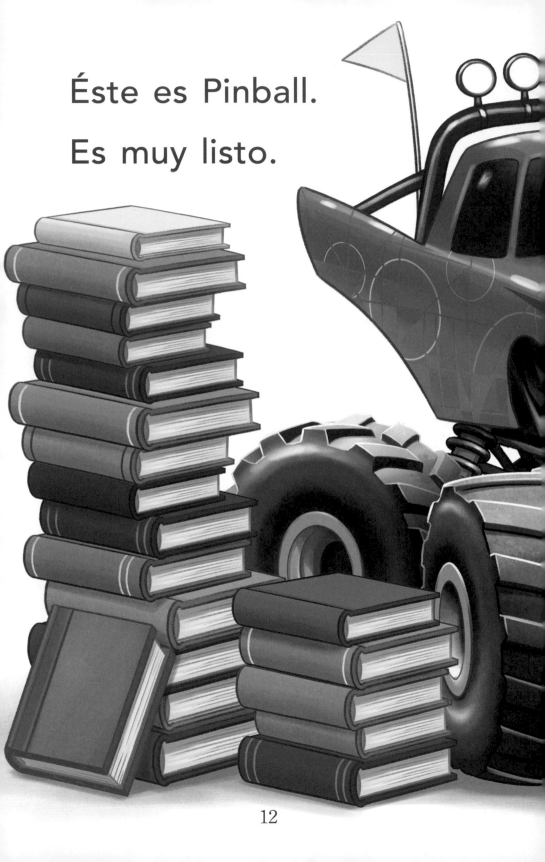

Éste es Crash.

Es bravo.

Ésta es Mel.

Nos construyó
a todos.

¡Somos una familia de camiones monstruo!

Cuando uno de nosotros se ensucia,

¡Fuchi!

todos ayudamos
a limpiarlo.

Cuando uno de nosotros

se lastima,

todos ayudamos

a repararlo.

Cuando uno de nosotros
está triste,

todos le damos
ánimo.

le preparamos sopa.

¡Nos cuidamos
el uno al otro!

¡También nos gusta
jugar juntos!